Analyse de l'œuvre

Par Benjamin Taylor

La Constance du jardinier

John le Carré

lePetitLittéraire.fr

Analyse de l'œuvre

Par Benjamin Taylor

La Constance du jardinier

John le Carré

lePetitLittéraire.fr

Rendez-vous sur lepetitlitteraire.fr et découvrez :

Plus de 1200 analyses
Claires et synthétiques
Téléchargeables en 30 secondes
À imprimer chez soi

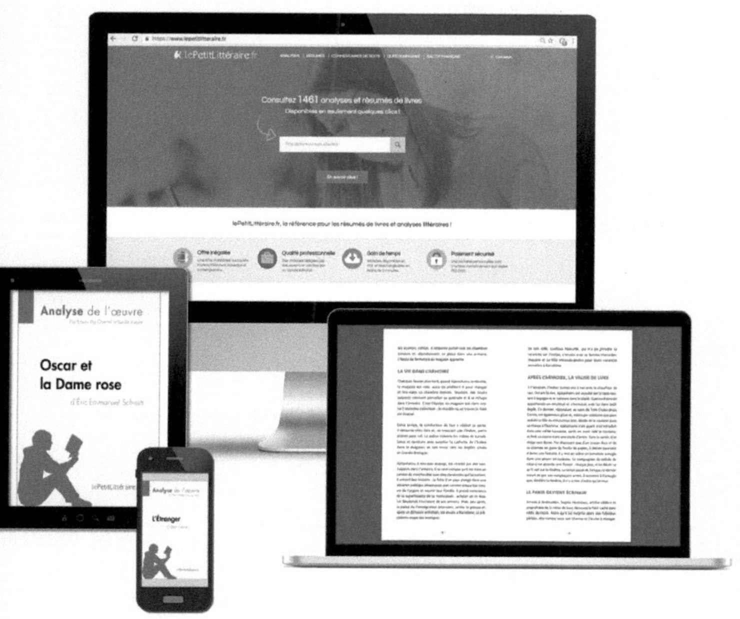

JOHN LE CARRÉ — 5

Romancier anglais — 5

LA CONSTANCE DU JARDINIER — 7

La corruption au Kenya — 7

RÉSUMÉ — 8

Un meurtre au Kenya — 8
Enquêtes — 9
De nouveaux faits apparaissent — 10
Revenir sur ses pas — 12

ÉTUDE DE CARACTÈRE — 13

Justin Quayle — 13
Tessa Quayle — 14
Sandy Woodrow — 15
Arnold Bluhm — 16

ANALYSE — 18

Contexte historique — 18
Corruption et justice — 20
L'homme blanc en Afrique — 21

POURSUITE DE LA RÉFLEXION — 24

Quelques questions à méditer... — 24

AUTRES LECTURES — 26

Edition de référence — 26
Adaptations — 26

JOHN LE CARRÉ

ROMANCIER ANGLAIS

- **Né à Dorset (Angleterre) en 1931.**
- **Travaux notables :**
  - *L'espion qui venait du froid* (1963), roman
  - *Tinker Tailor Soldier Spy* (1974), roman
  - *The Night Manager* (1993), roman

John le Carré, né dans le Dorset, en Angleterre, en 1931 sous le nom de David Cornwell, est un auteur de romans et de nouvelles d'espionnage de renommée internationale. Après des études à l'université d'Oxford et une brève carrière d'enseignant, le Carré a été employé par le service des affaires étrangères britannique à Berlin-Ouest, où il a appris de nombreux détails sur l'espionnage et les relations internationales que l'on retrouve dans ses œuvres. Tout en travaillant pour le MI5 et le MI6, le Carré commence à écrire et lance une carrière de romancier qui s'étendra sur plus de 50 ans et des dizaines de livres avec son premier ouvrage, *Call for the Dead* (1961). Son premier roman à succès est *L'espion qui venait du froid* (1963), qui a été un best-seller international. Ses romans d'espionnage se déroulent souvent pendant la guerre froide et présentent les agents des services de renseignements britanniques sous un jour plus bureaucratique et réaliste, contrairement à l'image traditionnellement glamour des espions dans

la fiction populaire. Nombre de ses livres et récits ont
été adaptés avec succès au cinéma et à la télévision, et
il est aujourd'hui l'un des romanciers anglais les plus
respectés et les plus célèbres de l'après-guerre.

LA CONSTANCE DU JARDINIER

LA CORRUPTION AU KENYA

- **Genre:** Roman
- **Édition de référence :** Le Carré, J. (2006) *The Constant Gardener.* Londres : Sceptre.
- **1ère édition :** 2001
- **Thèmes :** scandale, Afrique, SIDA, Grande-Bretagne, corruption, deuil, diplomatie, meurtre

The Constant Gardener, publié en 2001, est le 18e roman de John le Carré. Il représente une nouvelle étape dans son éloignement de la guerre froide, son sujet principal, au profit de questions contemporaines plus larges et plus complexes. Il décrit en détail un scandale de corruption dans le secteur pharmaceutique au Kenya et l'influence néfaste de l'Occident en Afrique. Il serait librement inspiré d'un scandale réel à Kano, au Nigeria. Comme c'est souvent le cas dans l'œuvre de Le Carré, il s'intéresse aux dessous des transactions gouvernementales et commerciales louches et à leurs effets sur le climat géopolitique mondial. Il fait savoir qu'au cours de ses recherches pour le livre, il a découvert que la vérité sur l'exploitation de l'Afrique par l'Occident est bien pire que sa version romancée. Le roman a été un succès critique et commercial et a été adapté au cinéma en 2005, avec Ralph Fiennes et Rachel Weisz.

RÉSUMÉ

UN MEURTRE AU KENYA

À Nairobi, au Kenya, Sandy Woodrow, un haut diplomate britannique, apprend que Tessa Quayle a été retrouvée morte dans une voiture retournée et scellée, avec son chauffeur décapité. Elle voyageait, dit-on, avec le médecin belge Arnold Bluhm, qui est porté disparu. Woodrow informe son mari, Justin Quayle, un autre diplomate et ami, et ils vont identifier le corps. Justin part vivre chez Woodrow et sa femme Gloria le temps que le bruit qui entoure les meurtres se calme. Ils retournent chez Justin pour récupérer des documents, et Woodrow se souvient d'une époque où il avait refusé de recevoir des documents que Tessa avait produits pour lui, incriminant le gouvernement Moi corrompu du Kenya. Il se souvient également lui avoir envoyé une lettre déclarant son amour pour elle la même nuit.

Justin devient de plus en plus introverti, gardant fermement le sac où il est allé chercher chez lui. La presse se fait de plus en plus accusatrice, et la rumeur court que Tessa avait une liaison avec Bluhm et qu'elle portait même son enfant avant sa mort. Woodrow parle à son supérieur au Haut Commissariat, qui l'avertit de ne pas trop en dire sur Tessa, laissant entendre qu'ils cachent quelque chose à son sujet. Woodrow se rappelle lui avoir rendu visite à l'hôpital peu après qu'elle ait donné naissance à un enfant mort-né. Bluhm était là, ainsi qu'une femme mourante à côté d'elle. Délirant à cause de son chagrin et des séquelles de l'accouchement, Tessa a affirmé que la femme avait été tuée par des hommes en costume blanc – une affirmation que Woodrow a rejetée. De retour dans le présent, la police vient interroger Woodrow, et lui pose des questions détaillées et alarmantes sur Tessa. Il se souvient avoir rencontré Tessa une nouvelle fois, lorsqu'elle lui a remis une enveloppe contenant des documents censés révéler un important scandale de corruption, mais Woodrow a refusé d'y donner suite.

ENQUÊTES

Après les funérailles de Tessa, Justin quitte le Kenya pour l'Angleterre. Dans l'avion, il se souvient de ses propres conversations avec la police, au cours desquelles il a révélé la nature de son mariage et ce qui est arrivé à Tessa après sa fausse couche. On l'a également interrogé sur la femme mourante, nommée Wanza, dont il a associé la mort à la société ThreeBees, un grand groupe britannique installé au Kenya qui, entre autres choses, vendait des produits pharmaceutiques. Ils lui ont posé des questions sur un homme nommé Lorbeer, bien qu'il ait feint l'ignorance. Ils lui ont posé d'autres questions sur le lien entre Tessa et ThreeBees, affirmant qu'elle et Arnold Bluhm ont assailli la société d'avertissements, de lettres et de menaces pendant des mois avant sa mort. Ils ont affirmé que l'une de ses lettres contenait des détails sur un nouveau médicament utilisé pour traiter la tuberculose et qui avait des effets secondaires dangereux. Pour une raison quelconque, Justin est resté très évasif sur certains détails et a refusé de leur dire quels documents il avait pris dans la maison.

À Londres, Justin se rend au Foreign Office, et parmi les condoléances, on lui demande de fournir tout document ou l'ordinateur portable appartenant à Tessa qu'il pourrait avoir. Il est révélé que Bluhm est accusé de la mort de Tessa, bien que Justin soit incrédule. Peu après, il est abordé par les deux policiers chargés de l'interroger au Kenya, qui lui disent qu'il est suivi par le Foreign Office et qu'il doit quitter le pays pour les semer. Il s'exécute et se réfugie dans une villa italienne appartenant à la famille de Tessa, aujourd'hui décédée, pour lire toutes les informations qu'il a récupérées dans son bureau.

DE NOUVEAUX FAITS APPARAISSENT

Il découvre l'escalade de ses investigations concernant ThreeBees, son PDG Kenneth K. Curtiss et un médicament appelé Dypraxa, fabriqué par une société suisse appelée Karol Vita Hudson (KVH), que ThreeBees a vendu sans contrôle de sécurité ni dosage à un grand nombre de personnes en Afrique, en employant Lorbeer pour ce faire. Les transcriptions des rapports de police fournies à Justin montrent que les responsables de ThreeBees sont évasifs lorsqu'on les interroge sur Tessa et sur les contacts qu'elle aurait eus avec eux. Justin parvient à accéder à l'ordinateur portable de Tessa et découvre, entre autres, qu'Arnold Bluhm est homosexuel, ce qui prouve que les allégations d'infidélité de Tessa sont fausses. Cependant, l'ordinateur portable est effacé par un virus avant qu'il ne puisse accéder à ses e-mails.

De retour au Kenya, Woodrow, en tant que chef intérimaire du haut-commissariat, ment au personnel du consulat britannique, leur disant que Bluhm est accusé du meurtre de Tessa, et dépeignant Justin comme un théoricien de la conspiration fou et accablé par le chagrin. Justin se rend en Allemagne pour parler à une femme nommée Birgit, une correspondante de Tessa qui lui parle d'une lettre qu'elle a reçue de Lorbeer, lui confessant tout sur les problèmes du Dypraxa et son utilisation en Afrique malgré cela. Elle lui parle d'une femme, Lara Emrich, qui a participé à la mise au point du médicament mais a tenté sans succès de mettre en lumière ses problèmes, et dont la carrière a été ruinée en conséquence. Lorsqu'il retourne à son hôtel, Justin est battu et bâillonné par un groupe inconnu d'assaillants qui lui disent de retourner en Angleterre et de ne pas mettre le nez dehors.

Après avoir été battu, Justin retrouve Lara Emrich en Amérique et l'interroge sur les détails du Dypraxa. Elle lui apprend que le médicament a été mis sur le marché sans avoir été testé correctement afin de maximiser les profits, que les Africains ont été utilisés comme cobayes pour tester les médicaments destinés aux marchés étrangers et que la communauté scientifique a subi des pressions pour produire des études favorables mais fausses sur le médicament. Elle donne l'adresse de Justin Lobeer au Kenya, et ce dernier s'échappe par chance de ses queues.

Donahue, un espion britannique de haut rang, a rendez-vous avec Kenneth K. Curtiss, qui lui hurle d'arrêter les enquêtes de Justin et de le soutenir auprès du gouvernement britannique. Les investisseurs l'ont déserté toute la journée en raison du scandale grandissant autour du Dypraxa, et l'un de ses proches collaborateurs prend Donahue à part et lui offre l'histoire de ce qui est arrivé à Bluhm et Tessa en échange d'argent.

REVENIR SUR SES PAS

De retour au Kenya, Justin se rend dans un camp d'aide appelé Loki – le même voyage que Tessa et Bluhm avaient fait quelques mois auparavant – pour affronter Lorbeer. Il se fait passer pour un journaliste du *Times* et interroge Lorbeer sur le travail qu'ils font là-bas. Lorbeer critique férocement la manipulation de l'Afrique par les grandes entreprises à des fins lucratives. Justin révèle son identité à Lorbeer et l'accuse de son propre rôle dans la manipulation de la tragédie africaine. Tessa et Bluhm étaient venus dans le même but et ont enregistré une longue confession de Lorbeer – qui les a ensuite trahis et faits tuer.

Dans le dernier chapitre du roman, Justin retourne sur les lieux de la mort de Tessa, et il est révélé qu'il subit lui aussi son sort – trahi à nouveau par Lorbeer, il est battu et tué. Cependant, il parvient à envoyer les informations qu'il a recueillies aux avocats de Tessa et, bien que ces informations soient rejetées par le gouvernement britannique, elles commencent lentement à faire parler d'elles.

ÉTUDE DE CARACTÈRE

JUSTIN QUAYLE

Justin Quayle, le protagoniste du roman, est un diplomate anglais qui vit et travaille au Kenya en tant que représentant du gouvernement britannique. D'âge moyen, il est décrit comme ayant « un beau visage studieux et des cheveux noirs grisonnants » (p. 27), et est réputé pour son amour du jardinage et ses connaissances en horticulture. Il est réputé pour son amour du jardinage et ses connaissances en horticulture. Il est issu d'un milieu privilégié, puisqu'il est allé à Eton et que son père a également fait partie du ministère britannique des Affaires étrangères, ce qui a facilité « son entrée dans la « société familiale », que son père appelait le ministère des affaires étrangères » (p. 145). Il a travaillé en Bosnie pendant la guerre de Bosnie (1992-95), et à son retour en Angleterre, il a rencontré Tessa, sa femme beaucoup plus jeune, alors qu'il était à Cambridge. Le roman commence par l'annonce de la mort de Tessa, et il est de plus en plus accablé par cette perte, passant le reste du roman, et en fait sa vie, à essayer de comprendre ce qui lui est arrivé : Il passe le reste du roman, et même de sa vie, à essayer de comprendre ce qui lui est arrivé : « Il y avait la suggestion inéluctable qu'une bonne partie de Justin qu'ils connaissaient, et peut-être tout cela, partait avec elle dans l'au-delà » (p. 118).

Justin est de plus en plus défini en contraste avec Tessa, à la fois en matière de sa nature et de la façon dont elle affecte ses actions: «Il était objectif, elle était émotionnelle. Il jouait le centre sûr, elle travaillait les bords dangereux» (p. 87). Bien qu'il soit un homme aimable, moral et tout à fait gentil tout au long du livre, il est représentatif de la placidité du ministère des Affaires étrangères britannique en Afrique, avec l'image du «gentleman anglais» classique (p. 62) – avec un «sourire de vieil Etonien» et une loyauté absolue envers les intérêts de la Couronne. Nous constatons qu'au fur et à mesure qu'il redécouvre les secrets de Tessa et la nature du scandale dont elle a mis au jour, il devient moins réservé et plus déterminé à découvrir la vérité, malgré les résultats potentiellement désastreux de sa mise en accusation des actions britanniques à l'étranger. *The Constant Gardener* détaille la façon dont Justin retrace les enquêtes de Tessa, et ce jusqu'à la fin, lorsqu'il est trahi par Lorbeer, battu et tué au même endroit qu'elle à la suite de ses découvertes.

TESSA QUAYLE

Bien qu'elle ne soit jamais vivante dans le roman, ayant été tuée au début à la suite de ses enquêtes sur les activités corrompues et préjudiciables de la société pharmaceutique suisse Karol Vita Hudson, la présence et les actions de Tessa Quayle planent sur *La Constance du jardinier*. Âgée d'une vingtaine d'années, elle est avocate de formation et issue d'un milieu très aisé, ce qui influe fondamentalement sur la nature de son personnage: «Elle est née riche, mais cela ne l'a jamais impressionnée. L'argent ne l'intéressait pas. Elle en avait bien moins besoin que les classes aspirantes. Mais elle savait qu'elle n'avait aucune excuse pour être indifférente aux choses qu'elle voyait et entendait. Elle savait qu'elle était redevable » (p. 149). En tant que telle, Tessa est bienveillante et se consacre à aider sincèrement autant de personnes que possibles. Ses actions et leurs effets sur les gens qui l'entourent hantent le roman, et bien qu'elle ait exaspéré de nombreux fonctionnaires, diplomates britanniques et hommes d'affaires (ce qui se termine bien sûr par sa mort), « les Africains qui comptaient l'aimaient à la folie » (p. 32).

C'est au cours de son travail d'aide qu'elle prend conscience de l'administration répandue et préjudiciable du médicament Dypraxa, qui tue une femme à côté d'elle dans un hôpital après la naissance de son bébé mort-né. Elle se lance alors dans une enquête, avec l'aide du docteur belge Arnold Bluhm, pour tenter de découvrir la vérité et réclamer désespérément justice pour la corruption et l'indifférence des entreprises européennes et du gouvernement Moi corrompu. Tessa est tellement obsédée par sa quête de la vérité, et indignée par les actions de ces Européens blancs (comme elle) responsables de la souffrance de nombreux Africains, qu'elle enquête jusqu'à sa mort : « Le grand crime était plus important pour elle que sa propre vie » (p. 242).

SANDY WOODROW

Sandy Woodrow est le chef de la chancellerie au Kenya pour le gouvernement britannique, une section de la Haute Commission britannique qui soutient le gouvernement kenyan dans les affaires diplomatiques. Au début du Roman, il se compare à un bâtiment : « il dégageait une impression d'autosuffisance et de robustesse. Woodrow, selon toute apparence, possédait les mêmes qualités exceptionnelles » (p. 12). Il est un membre de longue date du ministère britannique des affaires étrangères, avec une expérience dans « une demi-douzaine de missions britanniques à l'étranger » (*ibid.*), et s'attend à être promu et à recevoir un titre de chevalier avant longtemps. Après le meurtre de Tessa, il se sent coupable du rôle qu'il a joué dans la suppression de ses enquêtes en ne transmettant pas ses recherches au Foreign Office en raison de leur caractère scandaleux, qui aurait compromis les relations britanniques avec le gouvernement Moi corrompu du Kenya. Il est doublement accablé par la culpabilité car, malgré son amitié avec Justin, il est tombé amoureux de Tessa de son vivant et lui a même demandé, sans succès, de s'enfuir avec lui. Il est pleinement conscient de la nature troublante de son rôle de diplomate étranger britannique, en raison de la duplicité des entreprises et des factions gouvernementales britanniques dont il doit continuer à protéger les intérêts : « Qui a fait de moi ce que je suis ? L'Angleterre ? Mon père ? Mes écoles ? Ma mère pathétique et terrifiée ? Ou dix-sept ans de mensonges pour mon pays ? » (p. 307).

ARNOLD BLUHM

Arnold Bluhm est un médecin belge d'origine africaine qui dirige une organisation travaillant au Kenya pour fournir une aide médicale et faire pression sur les entreprises pharmaceutiques pour qu'elles se comportent de manière plus éthique. Cette organisation est « modeste, elle est belge, elle est financée par des fonds privés et elle est médicale » (p. 87). Il est décrit comme « l'Apollon barbu des cocktails de Nairobi, l'Africain de l'Occident, charismatique, spirituel, beau » (p. 32) et « aussi proche que possible d'un homme *bon* » (p. 93). Lui non plus n'apparaît jamais vivant dans le Roman, car il est tué en même temps que sa bonne amie Tessa pour leurs enquêtes communes. Tout au long du Roman, la presse et les commères de la communauté diplomatique britannique au Kenya insinuent que Tessa et lui avaient une liaison, et même qu'il l'a tuée sous le coup de la passion : « L'archétype du tueur noir. Il avait piégé la femme d'un homme blanc, lui avait tranché la gorge, décapité son chauffeur et s'était enfui dans la brousse » (p. 65). Ces informations s'avèrent totalement fausses, car il s'avère qu'il a été torturé et tué, et qu'il était homosexuel. Bluhm est une figure diabolisée dans *The Constant Gardener*, reflétant les représentations problématiques des Noirs dans les médias, ce qui ne fait que rendre son destin et son dévouement encore plus tragiques.

ANALYSE

CONTEXTE HISTORIQUE

Le roman se déroule en grande partie à Nairobi, au Kenya, au début des années 2000, dans les dernières années du règne du président Moi, un règne souvent critiqué pour sa corruption, son inefficacité et sa mauvaise utilisation de l'aide étrangère. Moi a été chassé de la présidence lors d'élections libres en 2002, après avoir été interdit de se présenter, mettant ainsi fin à plus de 20 ans de présidence. *The Constant Gardener* tourne également autour de la crise du sida en Afrique et de la manière dont le gouvernement Moi et un réseau complexe de diplomates étrangers et d'ONG tentent de faire face à cette crise. À l'époque, une grande partie des cas de sida dans le monde ont été diagnostiqués en Afrique, et la mauvaise qualité des infrastructures au Kenya, la corruption et l'inefficacité du gouvernement, ainsi que les actions d'exploitation des entreprises occidentales, ont considérablement exacerbé la situation. Ces événements dominent le roman, car Justin suit les tentatives de sa femme de révéler l'exploitation occidentale de la tragédie africaine et les critiques de toutes les parties sont nombreuses. Comme Woodrow se souvient avoir dit à Tessa lors d'une de leurs conversations :

> *« Le gouvernement Moi est corrompu à l'extrême, me direz-vous. Je n'en ai jamais douté, le pays est en train de mourir du sida, il est en faillite, il n'y a pas un seul recoin, du tourisme à la faune sauvage en passant par*

l'éducation, les transports, la protection sociale et les communications, qui ne s'effondre pas à cause de la fraude, de l'incompétence et de la négligence » (p. 52).

Le roman étant centré sur des diplomates et des travailleurs humanitaires britanniques au Kenya, le sujet du colonialisme britannique est, bien entendu, souvent évoqué. À son apogée, l'Empire britannique couvrait un quart des terres émergées de la planète et comptait de nombreuses colonies dans certaines régions d'Afrique australes et orientales, notamment au Kenya, au Soudan, en Somalie et en Égypte. Après la Seconde Guerre mondiale, la Grande-Bretagne a traversé une longue période de décolonisation, abandonnant nombre de ses colonies d'outre-mer et diminuant lentement sa puissance et son influence. Le Kenya a obtenu son indépendance en 1962, après des années de soulèvements et de troubles, et a installé son premier président, Jomo Kenyatta, en 1964. Parmi les diplomates britanniques du roman, ce sombre passé est souvent un point de référence, en particulier pour Tessa, qui s'exclame contre Woodrow après qu'il ait affirmé que les Britanniques ont donné l'indépendance au Kenya : « Nous ne leur avons rien *donné*, bon sang ! Ils l'ont *prise* ! Au bout d'un putain de fusil ! Nous ne leur avons rien donné – rien ! » (p. 126). Comme nous pouvons le voir dans le roman, les pays occidentaux sont toujours en mesure d'exploiter leurs anciennes colonies par le biais d'un commerce non réglementé.

CORRUPTION ET JUSTICE

La force motrice de *The Constant Gardener* est l'exploration par Justin des enquêtes de Tessa sur un énorme scandale de corruption et ses tentatives pour obtenir justice pour les crimes qui ont été commis. À ce titre, l'un de ses thèmes majeurs, caractéristique des romans de Le Carré, est la corruption politique sous-jacente et ses effets monumentaux sur le monde. En particulier, la crise du roman suit les effets désastreux de pratiques commerciales contraires à l'éthique et d'un désespoir du profit aggravé par le pouvoir croissant des grandes entreprises dans le monde. Comme le dit Kenneth K. Curtiss : « Vous pensez que les pays dirigent le putain de monde ? Retournez à votre putain d'école du dimanche. C'est "God save our multinational" qu'ils chantent ces jours-ci » (p. 411). Dans ce roman, Le Carré se montre très critique à l'égard de l'incapacité des gouvernements à contrôler ces sociétés et ceux qui profitent de leurs activités, dont la corruption va de pair avec l'exploitation des sociétés dans la misère des populations africaines. Tessa parle à un moment donné du fait que « les entreprises occidentales, y compris les Britanniques, arnaquaient les Africains – en leur faisant payer trop cher des services techniques, en leur refilant des médicaments périmés et hors de prix » (p. 90). Le Carré met en évidence l'hypocrisie des gouvernements étrangers, qui sont en Afrique sous le prétexte d'apporter de l'aide, mais qui, en réalité, gagnent beaucoup d'argent grâce à l'exploitation de la crise.

L'accent est mis en particulier sur le ministère britannique des affaires étrangères au Kenya et à Londres, qui ne cesse de mentir, de dissimuler des preuves accablantes et d'empêcher l'enquête de se poursuivre sous le couvert de la protection morale des intérêts commerciaux britanniques. Sandy Woodrow est représentatif de cette vision de la tromperie britannique, projetant l'image de la moralité, de la pondération et de la justice britanniques pour couvrir des actes majeurs de corruption collaborative. En effet, ce thème reflète les romans d'espionnage de la guerre froide de Le Carré, tels que *Tinker Tailor Soldier Spy*. Il se concentre également sur la corruption et la duplicité au sein des grandes institutions internationales qui, juste sous la surface, ont un effet massif sur l'environnement géopolitique mondial. Cette réflexion montre la nature changeante du monde, dans lequel le pouvoir et la malignité des entreprises ne sont pas réglementés par les gouvernements, un lieu où « certaines entreprises pharmaceutiques sont des marchands d'armes en habits de lumière » (p. 249).

L'HOMME BLANC EN AFRIQUE

Au début des années 2000, le Kenya n'était indépendant de l'Empire britannique que depuis un peu moins de 40 ans. Par conséquent, les actions de la classe diplomatique britannique blanche « dirigeante » vivant à Nairobi, dont la vie est au centre de l'intrigue, font clairement écho à la domination colonialiste passée, dont les comparaisons révèlent l'hypocrisie de la supériorité morale et de l'exceptionnalisme anglais dont beaucoup d'entre eux font preuve. À propos d'une fête organisée par un haut fonctionnaire du ministère des Affaires étrangères, Woodrow réfléchit : « des serviteurs noirs en gants blancs rôderont, tout comme ils le faisaient à l'époque coloniale que nous désavouons tous pieusement » (p. 40). En effet, les clivages raciaux et de classe entre les Européens blancs et les Kényans sont frappants et omniprésents dans le roman. Les diplomates britanniques vivent dans une zone ségréguée de richesse et de confort, à proximité des bidonvilles tentaculaires de Nairobi, dans une séparation de classe et de race qui les élève au-dessus des gens qu'ils sont apparemment venus aider au Kenya. Tessa, en tant que membre consciencieux et culpabilisé de la classe supérieure anglaise, est pleinement consciente de la nature problématique de sa présence et de celle de nombre de ses collègues en Afrique, et fait des commentaires :

> *« Un continent se meurt à notre porte, et nous restons là, debout ou agenouillés, à boire du café sur un plateau d'argent alors que, juste en bas de la route, des enfants meurent de faim, des malades meurent et des politiciens véreux mettent en faillite la nation qui a été trompée en les élisant. » (p. 55)*

En effet, dans *The Constant Gardener*, Le Carré critique non seulement les Britanniques au Kenya, mais aussi l'influence occidentale en général en Afrique et la façon dont les entreprises et les gouvernements occidentaux utilisent la nature sous-développée des infrastructures africaines pour faire du profit. Il tente de montrer que l'idée d'une influence occidentale modernisatrice et bienveillante dans le monde en développement est en fait largement fausse, une grande partie du véritable travail d'aide en Afrique étant effectuée par des organisations non gouvernementales. Dans le roman, les actions du ministère britannique des affaires étrangères s'avèrent être tout à fait non constructives et visent plutôt à soutenir les intérêts commerciaux britanniques et à soutenir un gouvernement corrompu. Tessa critique souvent l'hypocrisie de personnages comme Woodrow : « Vous pensez résoudre les problèmes du monde, mais en fait, c'est vous le problème » (p. 114).

QUELQUES QUESTIONS À MÉDITER...

- Pourquoi Le Carré est-il si critique à l'égard des Britanniques au Kenya dans le roman ?
- De nombreux romans de Le Carré commencent par la mort de personnages féminins, qui hantent psychologiquement les protagonistes masculins. Considérez ceci dans *La Constance du jardinier.* La représentation des femmes par Le Carré est-elle bonne ? Pourquoi ou pourquoi pas ?
- Que dit le roman sur la Grande-Bretagne et son déclin dans le monde ? Examinez les représentations de l'identité britannique dans le roman, ainsi que le personnage du « gentleman anglais ».
- Compte tenu de ses critiques des gouvernements et des conflits mondiaux, bien que *The Constant Gardener* soit une œuvre de fiction, dans quelle mesure peut-on également le qualifier de journalisme ?
- Comment le roman se compare-t-il à l'adaptation cinématographique ? Réfléchissez à la manière dont vous pourriez adapter le livre à l'écran ou au théâtre.
- Réfléchissez au titre du roman. Justin Quayle est bien sûr connu pour être un horticulteur passionné, mais quelle autre signification symbolique plus large peut-il avoir ?
- Considérez les attitudes de Le Carré envers la Grande-Bretagne et sa place dans le monde dans le roman.

Près de 20 ans après sa publication, comment l'identité de la Grande-Bretagne a-t-elle changé ou est-elle restée la même dans le contexte des relations internationales ? ions ?

- Une grande partie du roman explore l'exploitation de l'Afrique par des entreprises occidentales sans éthique. Pourquoi cela aurait-il été si facile à faire en Afrique ? Pouvez-vous penser à d'autres exemples d'exploitation du monde en développement ?
- Considérez la représentation des médias dans *La Constance du jardinier* – que pensez-vous que Le Carré essaie de dire à propos des reportages d'actualité modernes ?

AUTRES LECTURES

EDITION DE RÉFÉRENCE

- Le Carré, J. (2006) *The Constant Gardener.* Londres : Sceptre.

ADAPTATIONS

- *La Constance du jardinier.* (2005) [Film]. Fernando Meirelles. Réalisateur. États-Unis : Focus Features.

Votre avis nous intéresse !
Laissez un commentaire sur le site de votre librairie en ligne
et partagez vos coups de cœur sur les réseaux sociaux !

lePetitLittéraire.fr

- des analyses de livres
- des fiches de lectures
- des commentaires littéraires
- des questionnaires de lecture
- des résumés

**Retrouvez
notre offre complète sur**
lePetitLittéraire.fr

L'éditeur veille à la fiabilité des informations publiées, lesquelles ne pourraient toutefois engager sa responsabilité.

© LePetitLittéraire.fr, 2023. Tous droits réservés

www.lepetitlitteraire.fr

ISBN version numérique : 9782808684491
ISBN version papier : 9782808685290
Dépôt légal : D/2023/12603/1029

Conception numérique : Primento,
le partenaire numérique des éditeurs.